日吉平詩集

# 木の声

創風社出版

日吉平詩集　木の声

—目次—

I

Ⅲ

# I

# 名のない木

はるか昔　太古の農夫が深い山里に苗木を植えた
そのうちの一本が残っている
時代に翻弄されながらでもいまだに立っている
ほかの仲間たちはそれぞれ立枯れてしまった
幾本かは白い骨のように
今も傍に立っているが
ほとんどは倒れ土になった
振り返れば多くの出来事があった
苗木のころは鹿に食われそうになり
いい加減大きくなっても病気に罹ったり
虫の餌食になりそうな時もありながら

なんとか命を繋いできたというのが実情だ
ある時は南へ大きく伸ばした枝で
小袿を着た女が首を吊った
しばらくの間絹の衣が風に揺れていたが
数か月で縄が切れ無残に地に落ち体ごと腐っていった
辞世に読んだ和歌も
今はもう風に飛ばされ無くなっている
年月が過ぎ足元からひこばえも茂り
わたしはますます太ってきていた
枝枝も伸び続け支えるのに重くなっていた頃
いわゆる戦国時代たびたび戦ばかりがあったが
ある日一人の傷付いた武士が幹に寄りかかり
見事な切腹をした　しかし
鎧兜や刀は盗賊が持って行った
今はもう千年をはるかに過ぎてしまったが
このところ気になるのは

付近の住民が私に注連縄を架け小さな祠も作り
誰彼となく手を合わせていくことだ
お供えもしてくれて
生きているのが申し訳ないような気になってくる
水を吸い上げるのも息苦しくなり
先に枯れた仲間たちの気持ちが分かるようになってきた
空をつかむ枝先も弱くなり
幹の奥のほうが腐っているのがよくわかる
見渡せた山山も見えにくくなっていつも霞んでいる
もうそろそろ近いのかもしれない
十分生きてきたからどうなろうと迷いはないが
心配なことは自分が何の木だったのか
未だに分からないままなことだ

# 木の声

静かに目を閉じて耳を澄ますと
聴こえてくる木の声
風の音や
光の匂いに交じって
かすかなささやきが
ああ　苦しい
ああ　楽しい
あっ　思い出した
何事かを誰にともなく声に出している
ないような風にも
答えるように葉が揺れている

いちまいいちまいに
それぞれ命があるかのように
お互い賑やかだ
陽を受けて背伸びをしたり
自らの木陰で休んでいたり
みんながさわさわと語り合っている

# 成らない木

小高い丘に
なにものにも成らないむなしい木が立っていて
町を見下ろしたり
空を見上げたりしている
空洞になった幹の中には風が吹くが
木肌の表層は水を吸い上げている
だから青い葉が茂りいっけん元気そうだが
乾季には弱い
空洞は
阿鼻叫喚猜疑で満ちていて
外からは見えない

成らない木は老いていて
内臓は疲弊している
美しい景色も歪む
透明な空気も霞む
それでも
そこに
立っていなければならない

# 檜

『木の文化』小原二郎著鹿島研究所出版会を読んで

木彫りの木は
変遷を経て
最後は檜だった
そのことに関し二千年を要し
二千年を経て証明された
固さ
艶
丈夫さ
生存する木彫りにとってこれに勝る木はない
時空の腐りを遠ざけるのは檜が一番

切り倒され材木になった檜は
香りを含んでつややかな肌を檜皮が包んでいる
衣服のように剥ぎ取ると
檜の白い肌が森の奥でぼんやり翳む
生き返ったような姿にはなるが
実際は死んでいる
寧ろ死んでから
とても長い時間を生きていく
柱になり
仏像になり
廊下になり
檜の育った時間よりも長い時空を生きていく
だから木彫りには
新たな命が吹き込まれなければならない
それには檜に限る

# 檜の位置

檜の枝が手のひらを広げて
幾重にも斜めに伸びていき
天辺には柔らかな梢が
ひょろりと眩しそうに垂れている
根本の方から
早く上に伸びろと急かされている
幹の方では年を経るたびに
心材がきりきりと音立てて
締まりながら太くなる
森の木たちにはお互い葛藤があって
誰よりも陽を浴びたいと

空へ空へと伸びていき
特に夏場の杉はそれがひどい
だから水気の多い日陰でも育つが
固くならねばならぬ檜には
日当たりが必要だ

木船には空気を含んだ杉が良くて
塀にするなら
腐食や虫よけに焼き板にする
しかし柱は檜が良い

人が杉と檜を行き来する
柔らかかったり
固かったり
しかし檜はわたしを捉えている
幼少のころより

死ぬまで在り続けるのだ

# 戦後の錯覚

桜の散る頃
山に入る
深い森の隣が孟宗竹の藪で
育ち遅れた杉檜が数本立ち枯れている
孟宗竹が重く稈の先を垂れ
かすかに揺れるのを
こちらがわの大木が見下ろしている
この森には毎年筍が生えてくる
造林としている森にとっては
竹の生命力は大敵だ
日影になるだけではなく

根の張り方が植林の木木に痛手をあたえる
だから梅雨前までには
柔らかい筍のうちに切ってしまう
斜めの切り口の
維管束から水がじわりと滲み粒になる
人の涙は塩辛いが
この滴は純粋だ
伸びていくことだけに集中する
だからなお厄介だ
戦後植えた杉苗が堂々としてきて
戦前の木木は殆どなくなり
新しい森になったが
竹という新しい障害も生まれた
これを根こそぎ除くのはとても厄介だ

# 檜

檀像の木理を
刃当たりで浮かせた翻波の衣文が
裾に流れる
斗栱の屋根に支えられ
時間を耐えてきた
古代の人々の審美眼を滲み込ませ
木の奥行と堅固を分け
あるいは掴み
綜合して行く
彫刻師は
檀から

檜にたどり着くまで
多くの年月を使ってしまった
柱や彫像と指物には
結論の檜

# 蔦の這う山

藪の多いこと
日本の山が忘れられて
夏には特に蔓が茂りジャングルだ
グーグルで見ると
誰も行かなくなった日当たりのよい山が
蔦で覆われている
人は都会の町をビルのジャングルにし
人のいない田舎は草木蔓がジャングルを造る
その昔
町の周りに樹木が無くなると
都は遷都を繰り返したそうだ

今では切られもしないでほったらかしにされる
あまりに頼りすぎて
禿山になるのと
関わりがなさ過ぎてジャングルになるのと
同じかもしれない

# 銀杏の洞

銀杏の洞の木が
寺の片隅で時を刻んでいたころ
前の広場では夏の草野球が熱かった
ボールは夏空へ消えて
藪に落ちた
農家の手伝いを抜けてきた子供たちだ
ふらりと寺に寄り住職になった乞食男は
とっくに亡くなっていて
子供があふれた境内も
ご本尊を本山に返し寺も無くなっていた
隣の墓場の墓石が

幾つかは新しくなっている
蟲食った五百年の銀杏の洞から
木霊してくるか
その時代時代の
返らない歓声が

# 森の道

暗い森の道を歩んでいくと
一瞬　明るい日差しが差し込んでくる
ぽっかり拓けた野原に出る
晦渋が解決したかに見え
やわらかい日差しが差し込んでいる
腰を下ろし
水筒の水を飲む
発汗で干からびた体に浸みわたる
あの暗い森での謬語の縺れた糸はどこへ行ったのか
解決しないうちに光に溶けたのか
縺れの跡形もない空間が広がる

溶けた糸が
光の糸とともに降ってくる
頭の奥深くまで射貫かれて
脳はもう麻痺している

# 朝日

薄明りが
心の内壁を
照らし始める
始めはぼんやりと
しだいにはっきりと
わだかまっていた心の内壁の模様を
壁に映し出す
光がなくても
もともとそこに
想いが曖昧に在ったもの
光は映し出した

匂いではなく
目で見えるように
はっきりと

# 樫の木の芽

黄緑の若葉が二まい
枯葉を持ち上げて顔を出している
蟻が二三匹
傍を忙しなく行き来する
木の芽吹きを祝福するように
山の持ち主の若夫婦にも
この春子供ができた
赤ん坊は
蕾のような
ちっちゃな二つの手を握ったまま
生まれると直ぐに大きな産声を上げた

樫の
萌木の
初めての地上

やわらかい
消え入りそうな赤子の
初めての地上

若葉は静かに顔を出すだけだったが
赤ん坊は大きな声を出した

赤ん坊が歩きだすころには
木も多少の枝らしき枝を出すようになる

これから二人は

伸びていく
樫はぐんぐん空を目指し
赤子は足を踏みしめ
未来を目指し

# 廃れていく

木が枯れていく
国土の隅々まで
あちこちの山々の隅で
人は倒れ
元気な者は去っていく
山々は座り
小川は相変わらず流れていて
木木は繁茂しているのに
人がいなくなるばかりだ
木木も伸びすぎた枝を切ってほしいのだが
隣の枝と頭を打ちつけ続けている

森は地球の心臓
川は人間の毛細血管
地球という巨大な動物の中をめぐる
無数の小川
栄養を作り続ける森
その森の中で手伝いをしている人が
もう居なくなる寸前だ

# 風樹

山稜の風樹は檜だった
空へ頭をもたげ
手を伸ばし
今まで倒れなかった
風の時は根をしっかり張り巡らし
寒い時は身構える
村人たちはいつも眺めていた
いなくなった人を想い
最も深いあたりから
吹いてくる重い風が
体を吹き吹き抜けていくのを

風樹の梢には
魂のような風が
ひょうひょうと吹き抜ける
地表で次々と旅立っていった
名もなき人々の風

世界は名もなき人々で創られていて
そびえる檜も
名もなき草木が支えている
落胆しなくてもよい
父であり母であったこと
ずっとひとりでも
そこに在ったことが意味なのだと
風樹は言う

# 値段

この商品はいくら
この人間はいくら
材木には値段がつけられ
とても安くなったから
其処にずっと立っていなさい
あと百年ぐらい
百年とはいわず
そのうち発見されるだろう
これが千年の樹だと

# 冬ごもり

笹鳴を忘れない
冬のあの薮に
いつも降りてきていた草色のウグイスが
霙についばんで囀る
探梅の下を
早すぎたみつ蜂はよたよたと歩いている
冬ごもりの老人が
ときおりの空っ風に乗ってくる鳴き声に
耳を澄ましているが
寒く短い日は暮れる
流れそうな墨色が迫っているのに

悴む手から何ものかが零れ
残り陽に包まれて
山はいつまでも眠っている
もう起きないのかもしれない

# 女矢竹

放置していた田んぼに
女矢竹が茂り藪になったので切り開く

藪のそばに古い民家跡の敷地があり
ドクダミの深い緑葉に白い花が
暗くなり始めた敷地に
ちらほら幻想的に咲いていている
草の中に古井戸がぽっかりと口を開けていて
覗きこむと底に溜まった水に顔が映る
過去が待っていたかのように
誕生へ向けて風が逆走する

繁り散らした幻想の世界を広げながら
ひとつずつ虚空を足していく
体の中に空洞を重ね
かん先を空へ伸ばしていく女矢竹は
侘しさを重ねて伸びていく人間のようだ

へーあの少年が髪の白いお爺さんに
すれ違った村人が聞きもしないのに教えてくれる
七十年も何をしてたのかねえ
百年の女矢竹の藪のように
虚空を閉じ込めてじっと立っていたのか

# 錯覚する竹

切りかけて
止めてしまった
田んぼの竹藪が気になっていたが
竹を駆逐する方法を知った
意外と簡単で
竹を地上一メートルぐらいで切ってしまう
放っておくと二三年で枯れるそうだ
切られた竹は
まだ自分の先があるかのように
張り巡らした根から栄養を吸い上げ
根自身の栄養を使い果たして枯れるそうだ

在ると思って栄養を送る竹
伸びていると思って錯覚する竹

科学も文明も
大切と思っているのに
地球を枯らす
人間の世界と同じかもしれない
地球を元気にする科学は
いつ蔓延るのだろう

# 梨の木のエイリアン

庭の梨の木に
小さな毛虫が湧いている
あちらこちらの葉の裏に
エイリアンが卵を産むように
整然と
何列にも孵化している
取っても取っても湧いてくる
そのうち餌になる梨の葉は
全部なくなった
毛虫はずいぶん大きくなって
大きくなればさらに葉を食べる

食べつくし
葉がなくなると
毛虫もいなくなった
あたりに死骸もない
毛虫はどこへ行ったのか

と思っていたら
今まで見向きもしなかったリンゴの木に
湧き始めすでに太っている
餌を代えたのだ

餌がないと生命は育たない
ひょっとすると
毛虫除去には
餌の枯渇が最良かもしれない

# Ⅱ

# カワセミ

犬の散歩コースに
古墳を展示する公園がある
大きなため池があつて
池に沿った歩道があり
一か所高みから湖面を見下ろせる
その高みから
普段よくすれ違う老夫婦が
湖面にせり出す大木を見下ろしている
目が合うとにっこり笑って
「こんにちわ」と言ってくれる
「木の下に大きな鯉が集まっているでしょう」

と話しかけると
「いやいやカワセミが二羽いるんです」
覗くと
背中が見事な瑠璃色のカワセミが二羽止まっている
嘴が黒いのと飴色と二羽
番いなのだろう
よく囀っている
釣りの好きな私と老夫婦とでは
興味のある対象が違ったんだ

並んで囀るカワセミと
並んでそっと覗く老夫婦と

# 犬の目

犬がじっと私の目を見る
わたしもじっと犬の目を見る
瑠璃色の深い目の奥
水晶体の奥の硝子体の水に
かすかな動きを察知する
ことばのない犬は何かを読み取ろうとしている
私の意思を探っている
目から通じているだろう心に向けて
信号を発している
愛らしいような
残酷なような

狂暴な狼のような
純真な瑠璃色の目が
じっと

一瞬緊張が崩れると同時に
わんわんと力強く
訴えるように吠える
大きく尻尾を振って足元に纏わりついてくる

何事もなかったように
散歩に出かける

雨はまだ降っていない

# 風

風が歩いて
吹いてくる
かつて吹いた強い風は
吹かなくなって
風は立ち向かえる者だけに
吹いてくることが分かった
歩く早さで
いっしょについてくるのは今の風だ
かつては
強い風が走ってきたが
今はもう吹かない

方向をさし示すだけの風だ

示す先に何があるのか
まだ分からない
だけど
ただその方向へ歩いている
何かがあるという
確信する気配だけがある

# 彫刻家

友達の少ない私に
偶然知り合った彫刻家がいる
現代芸術の手法で像を造ったり
絵を描いたりしている
出来上がった塑造や絵はよく分からないが
何とはなしに見ていて飽きない
最も尊敬することは
大学を出てから
海外へまで美術の勉強に行って
七十過ぎまで
美術創作ひとすじで生活してきたことだ

公共造形物もたくさん設置しているが
作者名を刻印しない
なぜかと聞いたら
税金を使っているので名前を出すのは気が引けるという
いまだその創作意欲は盛んだ
並みの心構えではできない
だから当然といって
名前はほとんど知られていない

# 山桜桃梅

今年も
山桜桃梅の実が生った
春先には
白い小さな花をいっぱい咲かせ
楽しませてくれると
早くも五月の末ごろには
小さな実を鈴生りに実らせた
熟れる時は
ほとんど同時に全部が熟れる
出来るなら
数日づつ　づらせて熟れてほしいのだが

都合よくはいかない
かつて私の夢も
いっぺんに熟れて
すぐ腐った
せめて徐々に熟れてくれたら
違った人生になったんだろう
そんなことが初老になってはじめて分かった

# 不安

蕨手を巻いた座敷の鴨居に茂る
欄間の静かな草地
揺らぐ天井の近くから
こちらを見ている
見開いた眼球がかすんで見え
思考の中を覗き込んでいる
「分かったか」
と声がしても
やはり黙り込む
行き先はふらふらと
泳いでいて

とても行着きそうにはない
理論だてればたてるほど
畳の目は分からなくなる
「見下ろしているんだから
お前のほうが分かるだろう」
と言ってみるが
返事さえしない
終いには
声がしたのかどうかさえ分からなくなる

# 金魚

水槽の中で金魚がパクパク息をしながら
こちらに顔を向けて
水槽の天国を語る
金魚藻をかき分け
二匹の金魚が
六畳の室内に居る私を
水槽のガラス越しに見ている
不思議な世界を見るように
びっくりしたような
丸い大きな目
左の水槽からいつもわたしを観察している

そこから世界は見えるか
そこから地球は見えるか

関係なかったかのような職業が
食べ物や家車子供の教育まで
こんなに影響するとは
意識していなかった
呑気に育ったんだね
見方によればほったらかしだけど

お陰でその後よく働いたよ
子供も嫁さんもほったらかして
そのせいか水槽のような家で
二人の老人は何とか生きている

# 藪

薄暗い藪のなかを
妖しい想いのような影が
音もなく移動する
藪の木木の幹を
空気のようにすり抜け
それでもぴたりと付いていく
家族の藪
地域の
そして思想の
政治の
人間関係の

経済の
世界は藪で満ちていて
人人は藪で迷子になる
多くの犠牲を払い
最後に答えらしい解決に向かうが
あくまでも過程である
たんなる過程なのに
結論のように錯覚してしまう
それも藪の中にいるせいか

# シャボン玉

虹を映したシャボン玉がはじける
風のない空中に浮かんでは
次々にはじける
ひとつひとつのまあるい夢
はじけたあとは
何もない
ベランダの上で
庭木の傍で
浮かんではははじけ
霧のような水滴になり降りかかる

誰かがシャボン玉を造るストローを
絶えず吹いているのだ

# 福岡の日記（令和元年五月一日）

倉敷美術館で買ったベートーベン像が怖いといい
娘は本棚の奥へ隠した
鋭い切込みから宇宙が覗く
倉敷のフォンタナが福岡の美術館にもあったな
湖畔でひっそり飾られていた
長い白壁も在って裃を着た侍が歩いていた
福岡の哲学者と食事をし
オックスフォードの話など聞いて夜は暮れていった
朝鮮王朝と天皇体制は意外に近く
福岡は東京より開けているのかもしれない
朝鮮語や中国語が町を歩くとよく聞こえてくる

それに黒田の酒を思うだけで酔いそうになる
最近ＮＨＫも福岡の人をよく出すね
吉野ケ里遺跡は関係ないのだろうが
やはり何かの縁があるんだろう
何かにつけて福岡の人が絡んでいる
実業家　学者　芸人　政治家　彫り物ありのヤクザ
でも地下鉄の混み具合は適切で快適だね
山上憶良も歌三昧令和に生きていたらよかったのに
と中年のおばさんが言っていた
駅中の丸善によって誰も知らない詩人の詩集を買った
飛行機の中で読むつもりだ
不動産詐欺　会社倒産　マルチ詐欺
三つの失敗も今日でけりがついた
明日からは平穏な日々のはずだ
飛行機は福岡の町を低く横切り快適に飛び海に出る
鳥はこんな高みをこんな風に飛ぶのだろうか

果てしなく続く島と海
獲物になる兎など私には見えるはずもない
獲物にされたのはわたしだ　悩んだ末爪を切る
考えることもこの貧相な頭では浮かばない
嘆きの声が聞こえてくる
満たされた人生とは多くの偉人たちが思索して
尚分からない
循環しているから今の位置が分からないのだ
たぶん今は東に着陸する前の北だ
世界は何時も夜明け直前でありたいから
個々の循環する世界の中で溢れている

# 循環

肉体と思想が水平な地面で絡み合う
解けない疑問が雨のように降り
循環はそれでもそこにある
私はたんなる循環の粒子である
粒子そのものさえ循環の世界を成している
世界は循環だらけだ
いきちがう道行く人も
循環で満ちている
存在は動いており
絶え間なく移動する
途切れることのない宇宙を成している

暗闇の空に浮かぶ星も
飛交う蛍さえ循環を抱えて
残りの命を燃やしている
蟲が地上に現れたときは
最後の命だ
何年も地下や水中で命をはぐくみ
地上で自由になる
自由になった途端
その命は終わる
バトンは次の者に渡されるのだ
走り終わった者たちの
あの屈託が見えるか
地上に仰臥し
もはや物体になっている
執拗い循環はそれからさえ
また始まっている

# 魚の目

魚はあまりにも人間とは姿形が違って
だが目を見てみよ
真ん丸な目が
俎板の上で
じっとこちらを見ている
鰓の脇へ
包丁の一撃を打っても
目はこちらを見たままだ
頭を切り離し
内臓を取り出し
皮をはぐ

切り離された頭の目は
それでも
じっとこちらを見ている
一点だけを見ている

# 食べる

腹が空きすぎて
心を食べる
音や匂いや
視線を食べる
空腹の子供がパンを齧るように

それで満たされるなら
野原の山羊のように幸せだ

# 眠る

深い夜の中を旅していく
闇の中を漂い
どこへ行くともなく
ゆらゆらと
あてもなく
まどろみの
意識も
色も
見えない方へ
遠くの闇の果てへと旅していく

# 水を飲む

沖縄の
戦いの焼け野が原で
米国の兵士に
水を貰う写真
干からびた
幼い子供
煤で黒くなり
差出された光さす瓶の口へ
蛙のように
吸いついている
兵士の肩には

焼けた銃
頭には焦げたヘルメット
背景には沖縄の焼け野が原に
黒く焦げた骨のような木
少女はその後
どんな人生を歩んだのだろうか
一枚の写真は
創造ではない
沖縄の記録だ

# 瞬時を重ねる

勇気と悲しみの境目を
逃げていく兎を目は追う
狡猾なイヌワシ
脱兎していく兎たちの
希望と残酷さがあふれる
長い山道の続く深い森へ逃げ込む

木に埋められた静寂
蔦に絡まれた暗闇
闇に包まれた藪
大地にしみこんだ万葉の歌が

清水とともに滲み出ている目立たない窪地に
うずくまる兎の影

檜の木簡はいまだ朽ちず
墨の影を浮かべている

兎のように逃げる
あまりにも無知な自己に目覚めたとき
何を拠り所に生きていくか
瞬時を瞬時のままに重ねていくか
深い森に
言葉をかけてみる

# 海

海は優し気な表情を太古より続けている
川から流れ込む
あらゆるものを抱き込み
空から降ってくる
あらゆるものを承けとめ
水面を征く者たちに航路を導く
だから海をないがしろにしたりすると
時には怒り狂う時もある

海の底には歳を重ねた者たちが眠っている
哺乳類　木片　石彫刻

船　軍艦　飛行機　人間の骨
文明のあらゆるものが年代とともに積み重なり
沈殿物となって積もり
地上の人間に祈りを発信している

受け継がれた世代が耐え忍び
それでもたおやかな幸福を願い
魚や海藻や溢れる実りを頂いている

# 海辺の赤ちゃん

海は山の麓に這入りこみ
夏の庇の暗がりに横たわり
たおたおと
さざ波を立てており
母の胸に抱かれたまま
昼の夢を起こされて
いま居るところが
ふと
分からない

眠たげに見上げれば母の笑顔

汗ばむ襦袢に
涼しい海風は吹いてきて
水平線近く何艘かの船が
浮かんでいる

あかちゃんは命を打って
海の上を這っている
波は永遠のように
限りある命に寄せてくる
未来があるなら
それは海の中に漂っているはずだと
昇りきった陽が
煌煌と光で指し示す

# ピアノの音

指は
にわか雨のように
鍵盤に降り注ぎ
白い指は躍る
激しい音がしぶきとなり
あたりに散らばる

突然
かすかなピアニシモが生まれ
ひと時の静謐な音を経て
しだいに湧き上がってきた音は

白く長い尾を引いて
夕焼けの中へ消えていった

# 時間

空間を進んでいく
時間の姿は見えない
世界の全体を包んで
じわりとも
猛烈とも
早さが分からない
そもそも時間とは無のようなものだ
物が移動していく
物が変化していく
その対象があるからこそ
だから在るように見える

無の世界はもともと無のはずだ
計る物差はもちろん
比べるものも
知るための感覚も知識も無い筈だ

# 真実の輪

こんなことをしながら
事実が終わっていくんだ
それでいいのかもしれない
千年とは言わず
数十年で
誰にも記憶はされない
せめて太古の遺物のように在ればよいものを
砂に埋まってることさえできないでいる
残されないという
循環の輪にいること自体が
真実なのかもしれない

# 空間

何がそうさせるのか
やはり暗くなる方向へ進んでいく
明るい日差しの中を
軽やかに歩いているのに
木の陰の
薄暗い
一部が眼に入る
結局は何も考えていないのかもしれない
空間はなにも起こさない
空間に物が現れた時だけ何かが起きる
浮いて漂う風船でもよい

空中で爆発する大砲の弾でもよい
物が現れない限り
空中では何事も起こらない
その空中が脳内にあって
いつも空しくさせる
その映写室にしばしば訪れる
何かが起こる予感のようなもの
誕生や死や永遠に続くもの

# 眠りを起こされて

木の肉に
住み込んで
ゆっくり眠る
年輪に皺寄せられ
この上ない窮屈に
気持ちよさを味わいながら
うたた寝のように
木肉に融け込んでいく

どれだけの時が過ぎたか分からない
あまりにもゆっくりなので

目覚めも眠りも分からない

安穏な静かな朝
突然の雷で
目覚めさせられると
また繰り返された
循環の輪

# 亡くなった旅人

教えてよ
亡くなった旅人
亡くなってから
どこでどう生きているのか
いまなら分かるだろう
どう生きたらよいか

空の上から
人の動きを見つめている
ゆっくり老いていく人を
どんなに汗を流すか

どんな風に眠るのか
何をしたいのか
見えているんだろう

気配は何もないけど
旅はそちらでも続くのか
風はどちらに靡いているのか

ほんとうに憧れる世界なのか
忌み嫌う世界なのか

教えてよ亡くなった旅人

# 鬼ごっこ

缶を蹴ったのだあれだ
銀メッキの缶詰缶が音立ててコロコロ転ぶ
こどもたちが夕暮れ近くを
慌て走り去る
蔵の白壁の方へ
走り消えた小さな影の残像

消えたまま
何時まで経っても現れてこない
ひょっこり見つかったりする者は
いないのかもしれない

みんな隠れたまま
物陰に潜んでいる
いつまでも鬼は探す

家のそばの大きな杉の木も
遠くの山の影も
しだいに暗くなっていく

「長曾我部が鬼になってやってくるから
もうやめた」
隠れていた誰かが大声で言って
ともしびの家の方へ走っていく

＊　伊予の山奥の地方では長曾我部は鬼として伝えられた

# 心

心は体のどこかに棲んでいる
物理的には見えない柔軟な状態
時々心の一端が外部に顔を出す
指先であったり
顔色であったり
歩いたり
その歩き方だったり
心は私を支配する
良心的支配者だったり
独裁的な支配者だったり
言葉さえも発してくる

ほぼ頭に棲んでいることは分かっているが
見えない
触れない
色も形もない
時には空間を移動することもある
富士山を思っているとき
心は頂上に立っていて
瞬時に
東京の丸の内へ行っている時もある
しかし一瞬にして
私に帰ってくる
誰にも知られず
今日はシリアへ行ってきた

# 軛《くびき》

日日
軛をかけられ
牛は進む
多少の方向を操作しながら
木の声のする方向へ
不十分な自由に気づかないまま
いつも水は乾舷で止まっている
風に向きを変わらされても
時間をおいて元に戻る
木木のざわめきの波
心のざわめき

それでも
薔薇の波

# 冬の嵐

白いうさぎの群れが走る海面へ
眠ったままの山がなだれ込む
木木は潮を浴びて
陸の方へみんな傾き
蹲った木木たちの背中を掠めて
颪は走る
冬は颪を伴って吠えている
木木は
病葉を抱いて
山笑うまでじっと動かない

注・病葉は夏の季語

# 世界の謎

薄氷を抜けて
名もない草が空を目指している
遠くには冴え返る朝の光を受けて
山の残雪が輝く

世界は不思議で満ちていて
理解したと思う錯覚に安堵するが
不思議は絶え間なく謎となり続いていく

日日の循環も謎だ
世界では

紀元前より命を張って研究してきたのに
いまだに同じことをしている
多少便利な小物はできたが
人間の思考はあまり変わらない
木の芯も謎のまま
中心へ固まっていく

# 波

海は絹のシーツを
引っ張り合って揺らし
さざ波を打っている
沖を船が通るときに起こす波に
海岸線は
ざわめきたち
大きく揺れる
打ち寄せる波は
岩場に砕け
砂浜を何度も駆け上がる
打ち寄せる大波も

沖にきらめくさざ波も
一瞬一瞬の
短い表情を自己主張して
ひとつとして同じ波はない
気の遠くなる長い時間を
繰り返してきた
岩は削られ
砂は洗われ
その砂の一粒が
確かにわたしとしてある

# わたしを束ねといてください

新川和江さんへ

わたしを束ねといてください
杉か檜か分からないように
牡丹かシャクヤクか分からないように
街をいそいそと歩くサラリーマンのように
人々の歩く姿を遠くから見るように
あの人もこの人も
分からないように

田舎から出てきた純真な心が
老練に見えるように
わたしを街に束ねといてください

この曇り空の街で
山や川やきれいな空気で育ったことが
分からないように

詩を書いていることが知られないように
かって夢を抱いて歩いたように
わたしを束ねといてください
悠々と生活をしているように
さも勉強ができたかのように
みんなと束ねといてください
分からないように

# Ⅲ

# 朝のうごめき

小高い墓地の上から
街並みを見渡す
いくつもの屋根が遠くまで続き
屋根の下で人々が目を覚ます
日常が起き上がり
出かける用意にいそいそし始める
朝日は東から登り
金色の薄日が屋根屋根を射し始める
朝が始まる
社会の朝
森の朝

草原の朝
刻まれる歴史の朝
望まれるべき世界の朝へ

# 意味

春に春の朝日
秋に秋の夕焼け
光の奥で揺らぐ存在の意味

風を受けて
風の後ろで
渡る者のあぶない均衡
下に沈む底なしの深み
上には果てしない宇宙への深い空

生きているとは今ということ

深淵から引き揚げられない
得体のしれない過去も
ぼんやり映る未来の風景も
ほんとうは同じ絵
だから
ことばで
循環という永遠を追う

# 言葉の占領

おまえが言葉に乗ってやってくる
幼いころが始めで
いつしか言葉が住み着いて
耳も目も言葉だらけ
存在さえ言葉に奪われ
もう肉体ではなく言葉そのものだ

# プラトニック

散歩のとき
よく行違うどこかの奥さん
その女が連れたメスのコーギー犬が気に入って
私の飼い犬イタリアングレーファウンドが
すり寄っていく
その女は
わかかえし頃の
初恋の人にどこか似ている

道沿いの
川の温みが寂しい

日差しに鈍くギラギラと光って

忘れられない一枚の光景
阪急デパートの一階の通路
向こうからおおぜいの人に混じり
あなたが歩いてくる
目が合ったけど
言葉をかけなかった
そのまますれ違った
一枚の心の写真

それからずっと見かけたことはない
その時の後悔が忘れられない
その奥さんはその女に似ている

# 風の匂い

あなたの体に沿って吹いてきた風が
私の胸に吸い込まれ共振する
山肌を吹く風も吸い込まれる

姿も見えない風は
香りでリボンをつけて贈り物のように
差し出された

台所からのかすかな風のような匂い
いとなみを積み重ね
作られた家の匂いをつけてあなたは現れた

私の育った家には無かった匂いが
水面を渡って風を受けて渚に着いた
にぎやかな鳥だった

その後も風は絶えず吹き続き
私の風と
あなたの風とが入混じり
新しい香料を作るように
新たな風ができていった
風は共鳴しようとする
しかし香料はいつも作りかけで
永劫完璧には出来そうもない

# 最後の橋

収骨をするのはこれで何人目だろうか
葬儀とは三途の川を渡っていく男に
橋をかける手伝いだ
生前は自転車ばかりだったから
太い足の骨
その太い足の骨から拾っていく
体の細い人だったから
頭も小さく
足以外は子供の骨だ
ささやかな小さな葬儀

何人の女を抱いたか謎の男
人をほめるのはうまかった
その言葉も
表情も
もう見れない
家族には意外に冷たかった男
それでも要職をいくつか背負って歳を重ね
知事でさえ
気軽にさん付で
どこででも声をかける
人付き合いのうまかった男
橋を渡った後もゴルフをするんだろうか

# 掌上の雪

雲にさえぎられ
見えない空の奥から
多少の時間差をつけながら
地上に降り溶ける
野の草にも
杉檜の緑の枝にも
雪はつもり
ひとひらの雪だけが掌上に舞い降り
すっーと溶け水滴になる

掌上に落ちる雪は高空で生まれ

舞い降りるまでの一生だ
雲を去り
降りてくる下界は
なんと美しい世界に見えていたか
この邦では
美しい野原に積もる雪は
春までの命
積もった上に
また積もり
下から溶けていく
一生は昇華されたひとときの水だ

# 星の子

雪は天空の星たちの落とし子だ
中空で水から変幻した星の子
天空に輝く星たちが
やがて地上に降りてくる準備のために
星の結晶で地上に積もる
地上に柔らかい着陸場を広げ
星の結晶で降り積もる
そうでなければ
あの雪の不思議な姿は説明できない

# 水の音

標高の高い山間《やまあい》で生まれた少年は
川魚を取ったり
草野球をしたりして育った
見下ろす谷には
豊かな水の流れる川があり
途切れることなく瀬音をたてながら
川下の幾重にも重なる山間に消えていた
成人に近づくにつれ
地方の小さな町の学校へ進み
さらに都会の学校へ行ったが
水の流れる音は背後からいつも聞こえてきた

仕事を始めてからも
背後から水の音は聞こえていて
仕事を辞めてからも
さらに低い場所へ流れる音は続いていた
それでも水は
もっと低い場所へと流れていて
もう海はずいぶん近くなっていた

# またたき

森を歩いても
森は何も言わない
感じ取れという
草　樹　空
そして浮かぶ雲
閉じられた空間の
無限への誘い
一人ひとりの一瞬の光明が
いずれは瞬く星となる

青白く光るのはもう止めなさい

見る人を寂しくさせるから
光るのは止めなさい

星の光とて
いつまでも光れるわけではない
時間のない世界では
一瞬でさえありえない
再びと開かない
またたきだ

# 宇宙の存在

結局宇宙は無であって
原子の先は無でもある
この世界は波でできているそうだ
波がすべての世界を
在るがごとくに見えさせているそうだ
人も動物も物も植物さえ
そこに在るがごとく存在している
ひょっとしたら
私の悲しみも喜びも
もともと無いのかもしれない
家族も街をすれ違う人も

世界中で起きていることも
本当は何もないのかもしれない

耐性の強いウイルスを
宇宙に三年ほうっておいて
地球で培養したら生きていたそうだ
見えない宇宙空間を
見えない何ものかが漂っている

しかもその宇宙でさえ
無い可能性がある

# 宗教

命限を未来に思う過労に
夢は続き
定命は消失するがごとく有っても
能事としていつまでも永続し
神事は倉庫に年年出し入れされる

仏教は無を
イスラムはゆらぎを
キリストは有を創った
神道では
神はどこにでも存在した

仏教は無の宇宙を創り
キリストは最も現実的な有を創った
キリストは
イスラムの神のゆらぎに畏れていて
神道はあらゆるものに棲みつき崇められた
もとはといえば世界は無から始まって
何ものも存在しなかった
多くの宗教は
生い立ちを忘れられ
迷っている

# 夕焼けの幻

西空に
静かに
後ろから
夕焼けが追い越していくと
荒ぶっていた意思は治まり
在り様《よう》は確かなものに代わる
夕焼けでは
色は主役で
かすかな風は脇役だ
それぞれの時代での幻が赤く燃える傍らで
微熱のような風の道を

人影の背中を追って
小さな荷物を下げた人達が
ぞろぞろと歩いて行く

海のはるか
夕焼けの滝に幻が落ちていき
背後から夜の新たな幻が忍び足で近づき
静寂の中から
今の在り様が起き上がる

悲痛や高笑いの谺となって
思いのみが繰り返し寄せてくる

幻だからと
遮ってみても
幻もまた実像ではないのか

# 験すもの

朝日ではなく
夕日に祈る
やがて始まる
暗黒に萌える夢を
地平の果てに
旅立つ夕日に想い

祈りは
やはり夕日であるべきだ
昼間に映し出された
あったかのような風景を

暗黒の中に鎮め
抱きしめ
育む

あなたは見たはずだ
矛盾に満ちた地上の風景を
それらは純粋な闇の
無いものの中で験される

# 音色《ねいろ》

色は形に触手され
形に憧れていた
海の深さを思っていた音は
色も形も
もてあそびながら
それでも
匂いにひけ目を感じていた
音は音色を操り
色も形も支配していたが
空の高さだけが不足していた
画家は音に狡いと言い

彫刻家はあやふやだと言う
音色はそれでも山合から
峰々を渡り
川を越し
海へと流れていった

# 秋は

秋は
木漏れ日
わびしさをぬぐえない
不思議

秋は
夕焼け
西空では過去も未来も
染め上げて

秋は

野山の実り
冬に備えて忙しく

秋は
虫の音
最後の命を奮い立たせて

# 終わりへの旅

裸電球の畳の間で
生まれ落ちた命が
実在として
時を経ながら
日常のはざまで揺らいでいる
幻の旅は終わり近くにあって
感性は異憚ともしがたく
道々にこぼれていく

先に亡くなった者らの声が
道の端々から聞こえ

幻になるはずの道を
日常の果てへと
歩みは遅くなる

少しの言葉と
あと少しの勇気がなかったばかりに
悔恨ばかりが首を出し
陽から月へ
月から陽へと巡る日日を重ねながら
思考は
希薄へと和らいでいく

# あとがき

洞の中空に
浮かんでくる
幻のような
つい昨日のような
影
夏は川
冬は山で
獣のように遊ぶ遊離体が
幻なのに確かな姿で浮かんでくる
木木から聞こえてくる
再びとない体験

日吉　平（ひよし　たいら）
1948年愛媛県に生まれる
現住所　愛媛県松山市南斎院町二百五十の八　三好方

発行詩集
2013年 6月 『帰郷と死音』風詠社発行
2017年 7月 『わらべ詩』創風社出版発行
2017年12月 『わたしは深い森の中を』
土曜美術社出版販売発行
2018年11月 『森を造る』創風社出版発行
2020年 3月 『広見川—四万十川の奥で—』
ブイツーソリューション発行

所属　愛媛詩話会
日本現代詩人会
同人誌「海峡」（今治市）

日吉平詩集　木の声

2021年2月25日　第1刷発行　定価・本体価格1000円＋税
著　者　日吉　平
発行人　大早友章
発行所　創風社出版
〒791-8068　松山市みどりヶ丘9-8
Tel 089(953)3153 Fax 089(953)3103
印刷　㈱松栄印刷所　　製本　㈱永木製本

ISBN 978-4-86037-302-3